제주야행 濟州夜行

시인 김순이는 1946년 제주시에서 태어나 이화여자대학교 국문과를 졸업하고, 1988년 계간 『문학과비평』에 시 「마흔 살」 외 9편으로 등단했다. 시집 『제주바다는 소리쳐 올 때 아름답다』 『기다려 주지 않는 시간을 향하여』 『미친 사랑의 노래』 등 다수가 있으며, 1996년 시선집 『기억의 섬』을 펴냈다. 2014년 문화재청 문화재감 정관을 퇴직하여 성산읍 난산리로 거주지를 옮기고, 자연과 더불어 꽃을 가꾸며 마음껏 책과 벗하며 지내고 있다. ksoonie@hanmail.net

황금알 시인선 195
제주야행 濟州夜行

초판발행일 | 2019년 6월 27일
2쇄 발행일 | 2019년 11월 7일

지은이 | 김순이
펴낸곳 | 도서출판 황금알
펴낸이 | 金永馥
선정위원 | 김영승 · 마종기 · 유안진 · 이수익
주간 | 김영탁
편집실장 | 조경숙
표지디자인 | 칼라박스
주소 | 03088 서울시 종로구 이화장2길 29-3, 104호(동숭동)
전화 | 02)2275-9171
팩스 | 02)2275-9172
이메일 | tibet21@hanmail.net
홈페이지 | http://goldegg21.com
출판등록 | 2003년 03월 26일(제300-2003-230호)

ⓒ2019 김순이 & Gold Egg Publishing Company Printed in Korea

값은 뒤표지에 있습니다.

ISBN 979-11-89205-35-5-03810

제주야행 濟州夜行

김순이 시선집

황금알

시골로 이사 온 지 5년,

새소리가 아침잠을 깨우고

어느 문을 열어도 초록세상이 안겨온다.

두말없이 무릎 꿇을 수 있는 것들과

함께 지낸다.

민들레 채송화 산수국 쑥부쟁이 노랑어리연꽃

......

이들과 눈 맞추며 사는

나에겐

오늘 하루가 시다.

2019년 5월 수선화올레에서

김순이

차 례

3부 미친 사랑의 노래

1부

제주바다는 소리쳐 울 때 아름답다

교래 들판을 지나며

교래 들판 지나갈 때는
바람이 되리
방자하게 불어대는
바람이 되리
생각에 잠겨있는 억새꽃 수풀
가만두지 않으리
마구 흔들어 더더욱 몸부림치게 하리
산안개 몰아서
조랑말떼로 달리게 하리
산굼부리 벼랑으로 곤두박질치며
흘러가게 하리
아직 길들지 않은 들판
교래 들판 지날 때는
미친 듯한 바람으로 가리
거침없으리

발을 씻으며

저녁이면 돌아와
발을 씻는다
잔뿌리 같은
발가락들을 씻는다
비자나무 등걸에 붙어 자라는
나도풍란의 발이 떠오른다
바람 속에서
제 몫의 기쁨을
살며시 거두어 갖는 연초록 발
내 발은 어디에
기생하고 있는 것일까
마음이 맑은 사람은
흐린 날에도 자유로워
그의 발길 어디에도 매이지 않는다
저녁마다 세상으로부터
또 하나의 나에게로 돌아오는
발을 씻는다
때 묻은 마음을 벗는다

그대는 시인

들길을 걷다가
한 송이 들꽃을 만나면
허리 구부려 눈길로 입맞춤하는
그대는 시인

바람 부는 날
한 잔 술에 손 잡혀
어쩌지 못할 마음으로 떠돌다가
눈물도 없는 마른 통곡으로 가슴이 저리는
그대는 시인

저녁 바다에 지는 해를 전송하고
실연한 듯 허탈해진 발길 가누는
그대는 시인

저명인사들이 모인 리셉션에
넥타이 차림 어색해서
도망치듯 빠져나가는
그대는 시인

때때로
나는 조금씩 미쳐가고 있는 거나 아닐까
그런 의문에 잠기는
그대는 시인

아무것도 아닌 것 같은
작은 일에 눈물이 핑 도는 가슴 가득히
풋풋한 감탄사 살아있는
그대는 시인

섬 1

날마다 바라보아도
싫증 나지 않는
섬 하나 갖고 있다면
좀 어리석어도 괜찮으리

언 몸 녹이는 불씨를 품고
수선화의 마른 구근
한겨울에 잠 깨듯
어디에서건
꿈이 꿈을 불러
마음이 닿는 곳으로
손을 뻗고

날마다 바라보아도
그리움 가시지 않는
섬 하나 품고 있다면
좀 더 어리석어도 괜찮으리

섬 2

내게 아무도 모르는
섬 하나 있다
바닷속에 잠겨
아직도 자라나고 있는 섬
혼자 있을 때
외톨이일 때
괴로움에 못 이길 때
살며시 꺼내어본다

나는 두려워하지 않네
꿈꾸는 자의
뒤편을 쫓아오는 허망을
그 모진 슬픔을

바다 병病

그는 언제나
바다가 보이는
유리창가에 앉아 있습니다

이야기 나눌 때도
구름 따라 변하는 바다 쪽으로
한눈을 팔아
마주앉은 사람을 싱겁게 만들어버리는
그는 내 고향 사람

수십 년 서울에서 맴돌면서
가장 그리웠던 건
바다였다고
나직이 털어놓았습니다

그리움은 그리움으로
갚아야 할 빚이기에
눈이 시리도록 바라보아도 질리지 않아
병이 된 듯했습니다

한번 사로잡히면 놓여나지 못하는
우리 고향 바다의 애증은
차라리 죽을 때까지 지니고 갈
불치병인지도 모릅니다

그리움에 미쳐본 사람은 알 겁니다
바닷가를 언제까지나 배회하는
그의 마음을

두 손에 무거운 머리 묻고

꽃을 사는 날은
어두운 날이다
한 다발의 꽃으로
어둠 한 모퉁이
불을 켜들어
시들어 꺾이는
마음 밝힌다

빛을 더듬어가는 나의 촉수
바르르 떨고 있다
깊은 어둠에 닿았나
외로움에 지쳤나

서투른 노래마저 잠기고
가까운 것들
저 멀리
한없이 멀리 있다

두 손에 무거운 머리 묻고

눈감으면 보인다
가늘어 작은 바람에도
휘이는 내 모습이
꽃의 온기로 데우는
시린 가슴이

그대

그대가 밤바다로 자주 나가는 건
가슴속에 파도가 많은 때문이다
부끄러울 게 아직도 많아
어둠을 빌려
축축한 마음을 꺼내면
방종의 길 재촉하듯 바람이 불고
아직도 생생한 연민
차마 깨뜨리지 못한다
날마다 부두에서 들려오는
뱃고동 소리
누군가를 실어온 듯 부르고
싸구려 술에 절어 돌아다니다가
울부짖을 곳조차 제대로 없는 그대
밤바다에 이르러
다시 한 번 속수무책인 채로
한없이 떨고 있는
그대의 파도는
그대의 어둠만 덮칠 뿐

제주수선화 1

너는 곁에 두어도
멀리 떠돌고

그리워 손을 뻗으면
허공 집히는 어느 날
슬픔에 젖은 채
끝나는 마지막 악장처럼
눈이 내린다

지독하구나
네 미움
겨울 한가운데
꽃으로 피어

외로움 더욱 외롭게 하는
사랑 되는가

너는 곁에 두어도
멀리 떠돌고

제주수선화 2

어머니는 겨울마다 수선화를 한 아름 꺾어 오신다
사투리로밖에 말할 줄 모르는 내 고향 처녀 같은 들꽃
가난한 친구들에게 한 다발씩 보낸다
한 송이마다 한 번씩 아픈 허리 구부린
내 어머니의 수고를 그들이 알 리 없건만
마음 빈 자의 제단에서 기름도 없이 타오르는
향기로운 불꽃 되기를 기도하는 내 마음
그들이 알 리 없건만 그래도 다시 겨울 오면
수선화 나누어주고 싶어라

제주수선화 3

외로운 친구에게
너를 보낸다
어둠 가운데
홀로 깨어
스스로를 닦는 그에게로
가서 한 송이 맑은
촛불이 되어라
가난한 자의 호사는
오로지 마음속에 있어
누구도 축낼 수 없다

멀리 있는 너
들꽃을 사랑하는 너
나의 간절함도
그 어떤 위안이
될 수 없을 때
가슴속 적막은 바람에 날려
날려도 남아
슬픈 얼굴로 웃고

제주바다는 소리쳐 울 때 아름답다

맨살의 얼굴로
제주바다는 소리쳐 울 때 아름답다

외로울 때마다
바다를 생각하는 버릇이 있는
나는 바닷가 태생
구름에서 일어나 거슬러 부는 바람에
쥐어박히며 자랐으니
어디에서고 따라붙는 소금기
비늘 되어 살 속 깊이 박혔다
떨치고 어디론가 떠나보아도
되돌아오는 윤회의 파도가
내 피 속에 흘러
원인 모를 병으로 몸이 저릴 때마다
찾아가 몸을 담그는 나의 바다
깊은 허망에 이미 닿아
더 이상 잃을 것도 없는
몸이 되었을 때
나는 바다로 가리라

소리쳐 울리라
제주바다는
맨살의 얼굴로 소리쳐 울 때 아름답다

즉사를 꿈꾸며

나의 죽음을 주문할 길은 없지만
그렇게 하는 것은 외람되다 하지만
뜨겁게 사는 것 소망하듯이
그렇게 죽음도 뜨거운 죽음 바라면 죄 될까
연약함과 강인함이
얼음과 불처럼 엉켜서
소용돌이치는 내 영혼
그저 그렇게 살기엔
참 아름다운 세상에서
어디라 매인 곳 없이
어떤 사랑의 구속도 싫어했지만
나는 죽음의 올가미 다가오면
두려움 없이 뛰어들어 단숨에 베이는
즉사를 꿈꾼다
운명아 나를 사랑하라
오래 앓아 문병객의 연민어린 눈빛과
마주치게 하지 마라
내 고통의 씨앗을
사랑하는 이의 가슴에 뿌리게 하지 마라

가족들에 둘러싸여
할 일 다 하고 남길 말 다 하고
잠자듯이 평온하게 사라지는 것
내게는 너무 과분한 끝장인 것을
천천히 사라지기엔
참 아름다운 이 세상
운명아 내게 목숨의 연장을
구걸하게 하지 마라
나는 일격의 고통
비명 지를 틈도 없는 즉사를 꿈꾼다

야생란

고열로 며칠 앓고 난 후
불순물 태워버려
몸이 가볍다
헐거운 옷을 입고
산으로 간다
바람 불지 않는 날에도
흔들리면서
고요 속으로 걸어 들어가면
맑은 촛불처럼
마음을 밝게 열어주는 꽃
기다리고 있다
산다는 것 괴로움이면서
기쁨인 것을
말없이 내게 들려주고
이슬 걸러 뽑은
침묵의 향기 나누어 준다

꽃이여
네가 어디에 있을지라도

나를 향하여 있다면
맑게 맑게 살 수 있겠네

산수국 사랑

중년의 사랑은
외로워 푸른빛이다

깊은 산 속에 피어나는
산수국 닮아 그리워하나
다가설 수 없는 식물성 사랑

우기의 긴 빗소리
그늘을 밟으며
자욱한 숲으로 퍼지고
가슴엔 나직한 휘파람소리

펴 보일 수 없으매
차라리 속으로 품어 안아
웃음 속에 눈물이 어리는
깊고 푸르른 빛

어쩌다 가슴을 베었는가
울 수도 없는 아픔으로

자꾸만 여위어 여위어

그리워질 때마다 찾아가
바라보네
비안개 속에 피는 산수국

이름을 지우며

수첩에 적혀있는
이름을 지우며
불러본 지 오래된 너의 이름을 지우며
나는 울고 있다
사람의 발길 끊어진 지 오래되어
풀잎에 덮여 차츰 희미해져 가는 길
그 길 저편에 네가 있다
이 세상 어딘가에 함께 살아가고 있다는
그것만으로도
내게는 충분한 기쁨이었던 너
보이지는 않지만
맑은 거미줄처럼 한 줄기 닿아있던
인연의 이름을
결국 나는 지우고 있다
저 난조亂調의 세상살이에서
고단해졌을 때
마음을 다하여 간곡히 부르며
찾아가 기댈 수 있었던 이름이
낯설어졌구나 멀어졌구나

마흔 살

언제부턴가 나를 위해
한 다발의 꽃을 사는 일이
머뭇거려진다
아직 흰머리 안 돋았지만
머지않아 받아 볼
편지와 같고
가슴속에서
쓸쓸한 것들은 죽어서
아쟁 가락 같은 바람이 된다
젊음을 미숙하며
왠지 부끄러웠던 것
다 벗지 못한 허물로 남아
채 여미지 못한 뒷모습
그림자로 따른다
마른미역 같은 꿈이
소금기로 바다를 간직하듯이

성산의 햇살

1
잠들 때마다
동녘으로 머리를 두는 까닭은
아침에
성산의 햇살에
깨이고 싶음이라

풍화하는
내 생애의
모든 아침마다
젊고 건강한 바다의
자궁에서 태어나는
아침 햇살로 시작하노니

그 올곧은 밝음이여
내 가는 길에
어둠이 들었을 때
나를 밝히라

2
그대 어느 날엔가
삶에 쫓기어
벼랑에 섰을 때

성산의 해돋이와
고요히 대면할지니
청정무구한
빛의 신탁을 받으리

– 산다는 것
아름다워라

2부

기다려주지 않는 시간을 향하여

가야 할 길이 멀고 먼 나는

가을이면 마음을 모아야 한다
열매들이 익기 전에
풀잎이 시들기 전에
나뭇잎이 떨어지기 전에
흐트러진 마음 가다듬어야 한다
가야 할 길이 멀고 먼 나는
밤을 지새우는 땀방울
아침이슬로 맺혀야 한다
가을 깊어
철새들 돌아오기 전에
마지막 들꽃들 피어나기 전에

폭풍의 언덕에서

내가 폭풍의 언덕이라 이름 붙인
그 낮은 언덕에는
항시 바람이 분다
쓸쓸해질 때마다 찾아가
바라보는 황량한 들판
그 너머엔 아득한 빛깔로
둥근 산 하나
알고 보면 난 너무 많은 것들을
지녀서 괴로운데
기쁨도 슬픔도 저마다의 무게로
가슴에 얹혀서
뿌리 깊은 가시덤불 씨앗이 되는데
홀로 찾아가
거센 바람에 품을 맡기고
비린내 나는 비늘을 털듯이
애증의 더께를 벗겨내는 아픈 시간
새로워지고 싶은 나는
폭풍의 언덕에서
바람에 쓸린다
풀잎으로 쓸린다

난 가끔 유치해진다

좋아하는 노래가 생기면
몇 번이고 며칠이고 되풀이해 들으면서

영화 보러 갔다가
옛날 보았던 대한 뉴스가 나오는 순간
눈물이 주루루 쏟아지면서

청바지 운동화 차림에
반짝이는 귀고리를 하고서

꽃집에 갔다가 이 꽃 저 꽃 다 예뻐
한 송이씩 잡동사니 꽃다발을 만들면서

버스 타고 가다가 멋진 풍경을 만나면
그 자리에 내리면서

소라껍질에 작은 들꽃 꽂아놓고
잠들 때는 머리맡에 가져다 놓으면서

친구가 나를 좋아한다고 말하면
얼마만큼이냐고 물으면서

그렇게 난 가끔 유치해진다

금지된 것을 위하여

착한 사람이 되기 위해선
해야 할 일도 많지만
해서는 안 되는 것들이 더 많다

쓸데없는 말을 해선 안 되고
나쁜 친구와 어울려서도 안 되고
시간을 낭비해서도 안 되고
욕심이 많아서도 안 되고
쌍소리를 해서도 안 되고
게을러서도 안 되고
불평불만이 많아서도 안 되고
헛된 꿈을 꾸어서도 안 되고

안 된다 안 된다 안 된다
안 되는 것들이 겹겹이
보이지 않는 벽으로 둘러쳐 있다

자, 우리 금지된 것을 위하여
독배를 들자

탁 털어 마신 빈 잔을
힘껏 던져라
피 흘리는 유리벽을 향하여

한라산 1

산은 가끔
내게로 옵니다

순결한 열정의
하늬바람으로 옵니다

탐라계곡 바위들을 타넘고
갈매빛 구상나무 숲 향기 묻히며 옵니다

풋풋한 맨살의 선작지왓을 지나
오백나한 거느리고 옵니다

울울한 원시림
발가벗은 야성의 혼으로 옵니다

산새 소리 휘몰아
들꽃마다 입 맞추며 옵니다

내게로 내게로

오로지 내게로
깊은 품 젖히며 달려옵니다

한라산 2

너에게로 갈 때는
맨발로 간다

가슴속에 가득 찬 것
버리고 간다

세상의 번거로움
벗어놓고 간다

돌아오지 못할 길
가듯이 간다

그리운 님
만나러 가듯이 간다

한라산 5

산에는 숨겨진 꽃밭이 있습니다

어진 향기 지닌 이들이
티 없이 맑은 얼굴로
모여 사는 작은 마을입니다

하늘 우러러 한 점 부끄럼 없기를
기도할 줄도 모르고
양심이니 진실이니
하는 말을 할 줄도 모르는
그저 주어진 제 삶을 힘껏 살아가는
그런 이들이
뿌리내린 곳입니다

그곳에 가면
삶에는 불평할 시간이 없다는 것을
알게 됩니다
높고 큰 명성이 큰 의미가 없다는 것을
알게 됩니다

부귀와 가난이 그리 중요하지 않다는 것을
알게 됩니다
사랑과 미움이 덧없음을
알게 됩니다
이 세상의 시간 저쪽에
우주의 시간이 있음을 알게 됩니다

사진 한 장으로 남은 그대

그대 내게 사진 한 장으로 남아있다
가을 오후의 연갈색 햇살이
여린 슬픔으로 깔리는 들판
뒤돌아보며 구름이 가고 있었다
낡은 보랏빛 억새꽃
바람에 손 흔들고 있었다
우연히 함께 찍은
사진 한 장으로 남은 그대
이 세상 모든 것에
우연은 없다 했던가
돌아보면 어떤 장면에도
글썽이는 눈물이 어려있다
돌아보면 어떤 기쁨에도
아픔이 배어있다
칼바람도 녹이는 푸근한 그대 심성
내게는 햇살이었다
호젓한 산속의 마르지 않는 옹달샘처럼
언제나 찰랑거리는 수심으로
그대 내게 남아있다

제주야행 濟州夜行
― 봄

바람은 오늘 밤 연둣빛 머리를 풀고 달린다
잡목 숲에서 이는 파도소리에 밀리며
나는 떠난다
한 마리 타박거리는 조랑말 등에 얹혀서
부정기선의 항로와 같은 발길
북극성의 초롱한 눈빛을 표지 삼는다
가야 할 데가 있는 것도 아니다
누가 기다리고 있는 것도 아니다
산벚꽃 이파리 눈송이로 날린다
피아니시모로 날린다
물장올을 지났는가
수악교를 지났는가
등 구부리고 잠들어있는 한라산 횡단도로
문득 저 아래 보이는 서귀포
오징어잡이 배의 불빛은
밤바다에 가로등불로 졸고 있다
오늘 밤 마음은 머리를 풀고 달린다
가늘고 아픈 길 따라
상수리나무 꽃향기에 목축이며

나는 떠난다
나를 기다려주지 않는 것들을 향해서

제주야행 濟州夜行
— 가을

나는 떠날 것이다
사라센인의 단검 같은
초승달을 벗 삼아서
한 마리 타박거리는 조랑말 등에 얹혀서
작은 바람에도 물결치는
바다를 품을 가슴으로
잠 못 이루는 밤의 손을 잡고

나는 지날 것이다
어질게 잠들어있는
중산간 마을의 베개 맡을
전설의 열매가 소곤대는
아름드리 멀구슬나무 아래를
억새꽃 피어 뽀오얀 젖가슴 이룬
오름의 능선을
아이들 숨바꼭질하던 시골 초등학교
사철나무 울타리 곁을
밤이슬에 눈시울 적시는
들국화 핀 들판을

은빛 침 흘리는 초승달에
목축이며
이 밤에 나는 떠날 것이다
그 조용하고 단순한 풍경 속으로
나를 기다려주지 않는 시간을 향하여

동백

곱게 시들기 어렵거든
저렇게 툭 떨어져라
오히려 빈 가지가
아쉬움으로 그리워하게
자존심 높은 꽃은
마지막이 더 아름답다
그 무엇 때문이라는 변명도 없이
외마디 비명도 없이

선작지왓

가장 쓸쓸한 바람이 살고 있는
이 고원高原에
한 가지 소원을 묻어두었다
산 넘어가는 구름
걸터앉아 쉬는 바위틈마다
봄눈 속에 피어난 산진달래
꿈에도 보인다
그 팍팍한 슬픔
보이지 않는 어딘가에서
이름없는 것들이
열심히 피고 지는 까닭에
세상은 아직도 아름답다는데
가장 소중한 것
가슴에 묻어도
슬며시 빠져나와 깊은 잠 흔드는
더 이상 쓸쓸할 수도 없는
이곳에서
또 한세상 살리라
그리움의 발길 헤매리라

신들의 고향 제주도

바람도 사뭇 다르다
풀빛도 사뭇 다르다

자기를 믿어주는 사람이 있는 곳이라면
밤새워서라도 달려가
신명을 바쳐 권능을 행사하는
신들이 살아있는 곳
제 주 도

강물은 지하로 흐르고
산들은 지금도 자란다
밤바다에는 서로 사랑하는 영혼들
하늘에서 내려와 불 밝힌다

심오한 철학도
위대한 학식도
우아한 교양도
금방 정체가 드러나고 말아
잘난 체하다가 부끄러워진다

인신공양의 광풍이 때로 몰아쳐
무조건의 믿음이 엄연한 곳
아직도 인간사를 포기하지 않은
일만팔천 신들의 고향

시간마저도 가끔씩 길을 잃어
생명 있는 모든 것
생명 없는 모든 것
늙을 줄 모른다
철들 줄 모른다
시들 줄 모른다

햇빛도 확실히 다르다
별빛도 확실히 다르다

송당을 지나며

나를 애인처럼 사랑하던 아버지
이곳에 묻혀
스산한 날에는 한 줄기 바람으로 달린다
어질게 흘러내리는 둥근 선의
오름과 오름 사이
넘실대는 초원 굽이마다
목동이었던 어린 시절
이 들판에 놓아먹이던
그의 표한한 꿈 자취
아직도 푸르게 남아있다
생전의 그는
거칠고 호탕하다고 알려졌으나
실은 꿈 많고 외로운 사나이였다
그를 닮아 사랑도 많고
미움도 많은 나
이 들녘 지날 때마다
다시 만날 수 있기를 기도하노니
송당의 여신 백조여
무심치 말라

너에게

너에게 보내는 편지 속에는
물결치는 바다를 넣어 보낸다
서울의 스모그 속에서
점점 창백해져 가는
네 꿈의 혈관 속으로
갈매기의 짙푸른 날개깃 소리
벼랑에 피어나는 해국의
정갈한 향기
오롯한 내 그리움과 함께 동봉한다
별들이 서울 하늘을 떠난 지 오랜 지금
쓸쓸해질 때마다
바라보는 밤하늘에서
뿌옇게 흐려지는 슬픔으로
너는 더욱 쓸쓸해져 있지나 않은지
탁한 호흡으로 가누어보는 너의 일상에
너울대는 푸른 미역 냄새
모시치맛자락 휘날리며 내달리는 바람
너를 향한 나만의
맑디맑은 사랑으로 감싸서 보낸다

대포해안에서

이곳에 가끔
신들은 찾아온다

지친 몸 기대는
그들의 까만 의자가
저 벼랑 밑에서 바닷물 속까지
놓여있는 게 보인다

세상은 점점 복잡해져 가고
예전에는 생각지도 못했던 일에까지
쫓아다녀야만 하는 신세가 되어버린
자신의 처지가 가증스러워질 때

신들의 발길은 대포해안을 향한다

낮과 밤이 갈리는 시간
지는 해는 지구의 반대쪽에서
솟는 해가 되어있는 시간

나는 무엇이냐
그리고 너는 무엇이냐
물어뜯으며 달려드는 바다를
성난 발길로 걷어차는
어리숙한 신들의 대포해안

찾아가 보라
그 소름 끼치는 아름다움

돌매화꽃

바람의 손금 같은 선율로
너는 핀다

내 마음의 산정에
그 차가운 벼랑에

칼바람 에이는 바위 가슴에
피맺힌 발부리 가누어
결 곱게 피어나는
작은 꽃이여
야성의 혼이여

꺾이어 쓰러질 때마다
아픈 눈물 먼 훗날로 미루고
부르라
사랑하는 별의 이름을

소원素願

한라산이 잘 바라다보이는 외진 들녘에
나는 지으리
나만을 생각해주는 한 사람의 마음으로
어둠 밝히는 막사리 초막
억새풀 울타리 밤새껏 서걱이고
새파란 달빛은 발길마다
찬이슬 놓고 가리라
외로울 때마다 다가서는
창가에는 인동 꽃 덩굴
풀잎 쓸며 달리는 바람결에
묻어오는 멧새 소리
벗 삼아 발목이 저리게 돌아다니다가
흙 묻은 맨발 그냥 그대로 잠들리
산다는 것 다 부질없어지는 날
흐르는 구름 편에 떠나도 좋으리
나만을 생각해주는
한 사람의 마음과 더불어

베릿내 星川浦

옛 이야기는 전한다
밤이 되면 내려와 반짝거리던
별무리 하도 고와서
이 바닷가의 이름이 되었다고

한 결 같이 그리운 바다 쪽으로
문을 낸 낮은 초가집들
모두 떠나고 쓸쓸하다

고기 잡고 돌아오는 사랑하는 이
가슴 죄며 기다리던
가무잡잡하고 눈이 맑은 처녀
지금은 어디서 누구를 사랑하나

황근 꽃 노랗게 피어나는
돌담에 기대어
해미 자욱한 바다를 보며

이곳에 내려오던 별무리

이곳에 살던 아름다운 사람들
나는 그저 그립다

3부

미친 사랑의 노래

앓고 있는 너에게

앓고 있다는 네 소식
나를 아프게 한다

타오르는 용암을
가슴에 지녀 살겠노라고
잠깐의 고임에도 괴로워하며
여윈 몸 통째로 사르며
숨차게 흐르는 너

이 삶에서 건져 올릴
지푸라기 하나조차도
때론 가혹하게
우리를 걷어차느니

열 오른 이마에
손 한 번 짚어주지 못하고
나는 그저 멀리서
아린 가슴으로 두 손만 모을 뿐이다

눈부신 봄 껴안고
겨울잠 한숨 자고 깨듯이
그렇게 일어날 수 있겠지 너는

남아있어야 한다

남아있어야 한다
실없이 웃으며 지껄였던 말들이
날아가 꽂혔을 상처
모르는 사이에 아슬아슬하게
스쳐 간 위험한 순간들
아니다 아니다 하면서도
그렇다고 긍정해야만 했던 거짓
그런 것들을
객관적으로 바라볼 수 있는
얼굴이 남아있어야 한다
안타깝게 떠나보내야만 했던 것들이
쓰러지는 소리 뒤에
밀려오는 슬픔과
모든 슬픔이 쏟아지는 소리 뒤에
찾아오는 공허와
마주할 수 있는 가슴
남아있어야 한다

눈물의 길은 깨끗하다

비 오는 날은
하늘만 허물어져 내리는 건 아니다
가슴 깊이 여민 눈물
한바탕 허물어져 흘러간다
헤아릴 수 없는 죄를 지어
이 세상 어느 곳
발붙일 데 없다 해도
눈물의 길은 깨끗하다
상처 없는 가슴을
가슴이라 할 수 있는가
눈물의 길 되밟아 가면
아름다운 상처가 있다
밝히라 그 상처 위에
하나씩의 등불을

이런 사람 알고 있나요

그는 이제 더 이상 책을 읽지 않는다
만나면 가슴 뛰는 사람도 없다
꼭 한번 찾아가 보고 싶은 곳도 없다
이를 악물고 견디는 고통도 없다
가슴 졸이며 두 손을 모아
바라는 일도 없다
꿈이 뭐였더라 희미하기만 하다
세상살이 다 그저 그런 것이고
별난 사람 따로 없다는 걸
이미 알아버렸다
마음은 뿌리 뽑힌 풀로 시들고
눈동자의 불빛 꺼졌다
느슨히 벽에 기대어
텔레비전 보면서 낡아가고 있다

이런 사람 알고 있나요
사랑하였던 사람은 아닌가요

인동 창窓

못 견딜 때마다 창가로 간다
어머니가 심어준 인동 꽃
봄마다 향기롭다
목숨의 줄기 허공벽에 부딪혀
미끄러지고 또 미끄러져도
한사코 뻗어 휘감아 잡는 덩굴손
내게 지니라고
모진 겨울 칼바람에
앗기지 않는 잎새의 푸름
내게 지니라고
어머니가 심어준 눈물어린 당부
머리맡 창가에 늘 푸르다

미친 사랑의 노래 2

가끔 마주친다
낡은 미니스커트 입고
가방을 어깨에 맨 그 여자
짝짝이 스타킹에 화장을 하고
한껏 멋을 냈지만 어딘가 헝클어져
알 수 있다 그녀가 미친 여자라는 걸
사랑해선 안 될 사람을 사랑하다가
고통으로 여린 가슴 터져 버리고
어떤 의사도 걷어내지 못하였다
그 깊은 어두움을
사랑하는 사람이
기다리고 있을 것만 같은 곳으로
방싯거리며 총총히 찾아갔다가
내가 너무 늦으니까 가버린 거야
내일은 내가 먼저 와서 기다려야지
혼잣말하면서 쓸쓸히 돌아간다
날마다 날마다 그렇게 몇십 년 동안을
고장 난 채 낡아가며 맴도는
그녀와 마주칠 때마다

내 가슴에 날아와 꽂힌다
미친 사랑의 노랫소리

미친 사랑의 노래 5

내 아버지 누이
미쳐서 죽었다
4 · 3사태 피해서 일본 간 지아비
찾아서 밀항선 타고 들락거리다가
사랑의 그리움에 침몰해버렸다
어떤 의사도 건져내지 못하였다
격정의 소용돌이 속의 그녀
사랑하는 사람 위해서 지은 옷 한 벌
보따리에 싸안고 부둣가 서성이며
날마다 날마다 마른 가지로 여위어
새까맣게 타죽었다 그리움의 불길에
풀조차 제대로 돋지 않는 그 무덤에서
들려온다
죽어서도 부르는 미친 사랑의 노랫소리

미친 사랑의 노래 7

미친 사람은 행복하다
시에 미치고
그림에 미치고
음악에 미치고
춤에 미치고
사랑에 미치고
혼자 미친 것도 좋지만
보는 사람마저 미치게 한다면
그거야말로 위대한 미침
두려워 마라
미치는 것을

제주바다

나는 흑조黑潮에서 태어났다
저 소금기 많은 생명의 조류
해가 솟는 아침과
달이 뜨는 저녁을
흐르는 피 속에 지녀
기쁨과 슬픔 기울고 차며
끝없이 파도친다
아슬아슬 벼랑길 같은 세상
청맹과니로 건너며
사랑한다 피고 지는 덧없음을
소리치며 흘러가는 제주바다
나의 바다는
떠나가는 눈물을 실어 보내고
돌아오는 눈물을 실어오느니
저 끊임없이 부활하는 생명의 흐름
내게서 출렁이는 동안은
나는 노래하리
아름다운 제주바다를

탑바리 전설

말하겠지 한 백년 후에는
옛이야기로 말하겠지
호텔이며 생선회집 늘어선 이 거리가
바다였다는 걸
새까만 보석 같은 먹돌이
파도에 닦이던 바다였다는 걸
아이들 헤엄을 배우고
바람 부는 날은 파도가
초가지붕 넘어와 마당을 적시던
바다였다는 걸
불난 가슴에 소주 몇 잔 들이켜고
밤바다 수평선에 고래고래 소리 지르던
열혈청년 눈물 삼킨 바다였다는 걸
4·3사태 때 쪽배 타고 떠난 지아비
소식 기다리며 속절없이 머리카락 희어가던
아낙네 서성이던 바다였다는 걸
말하겠지 옛이야기로
그리고 자꾸만
변해가겠지 탑바리 전설은

엉겅퀴 꽃

누구라 알까
저 엉겅퀴 꽃의 외로움을

내 돋친 가시마다
안으로 끌어안은 사랑이라 하리
저 혼자 삭히는
불같은 마음이라 하리

바람만 내달리는
황량한 들판에
헤매는 그리움
물어본 사람이나 알까

손가락 마디마디
피가 맺히는 사랑을

마라도 1

바닷길로 가는가
아니라네

구름길로 가는가
아니라네

바람길로 가는가
아니라네

마음길로 가게나
홀로 가게나

이여도 1

슬픈 노래로 남아있다
저 바다 너머의 땅
이여도 섬 전설

소용돌이 물굽이
죽음으로 건너가면
가난도 없다
이별도 없다
슬픔도 없다

그리운 사람들
고운 옷 입고
고운 밥 먹으며
연꽃 구경하며 웃음 짓는 섬

가슴이 미어질 때마다
떠올리고
오장이 찢어질 때마다
불러내며

이승의 주린 육신 달래는
영혼의 땅
이여도여 이여도여

어떤 꽃

어떤 꽃은 돌 속에 핀다
뿌리도 없이 잎도 없이

누구에게 보이기 위해서가 아니라
스스로를 위해서
다만 스스로를 위해서

드러나기 위해서가 아니라
감춰지기 위해서
다만 감춰지기 위해서

시간도 계절도 개의치 않는
어떤 꽃

가만히
혼자서
스스로 갇혀서
소리와 빛깔과 향기를 손뜨개질한다

오, 그 깊숙한 기쁨!

어느 날엔가는

봄이 되면 민들레꽃 피어나는
낯선 시골길에서
지친 발길 잠시 쉬는 동안
퍼석 쓰러져
한목숨 다하는 행려의 길
어느 날엔가는 떠나고 싶다
무반주곡으로 단출하게

시누대의 속뜻

무엇에도 흔들리지 않는
굳센 정신의 푯대 하나쯤은
품어야 할 게 아니냐며
눈이 빛나던 그대
흙탕길 지나며 묻는 얼룩마다
얼굴 붉혀 가슴 아파했다
걷어차여 휘일 때마다
스스로의 못남을 괴로워했다
참한 뿌리는 땅속에 두고
잔가지 잎새들 바람에 흔들리며
자란다 하지 않던가
키 자랄 틈 없이
바닷바람에 부대끼면서도
매운 심지 굳혀가는
푸른 시누대의 속뜻
웅숭깊은 가슴에
지니라 그대

술 한 잔 어떤가

술 한 잔 어떤가
바다 안개가 흠뻑 젖은
치마를 끌며 거리를 향하여
스적스적 걸어오는 이 저녁
친구여 똑바로 걸을 수 있겠나
그믐밤길 돌부리에 챈 듯
곤두박질치는 마음
알 수 없는 통증으로 저려 저려
등대 쪽에서 무적이 우네
속 깊은 상처 핥으며
눈먼 짐승의 소리로 바다가 우네
밀감꽃 향기 떼 지어 몰려다니며
허한 가슴 쥐어박는 이 저녁
친구여
흐린 발길에 불 밝히는
술 한 잔 어떤가

4부

초원의 의자

카뮈 그리고 나

카뮈가 좋아하는 열 가지 낱말
세계고통대지어머니인간들사막명예비참여름바다

내가 좋아하는 열 가지 낱말
영혼맨발사막향기꿈광기야성비겨울불가사의

여기까지 읽은
그대
잠시 생각해보라
내가 좋아하는 낱말들이 뭐더라?
생각났으면 지금
손가락으로 써보라
……………
좋아하는 마음이 더욱 또렷해진다

억새의 노래 1

너는 기도할 때
눈을 감지만
나는 기도할 때
몸을 흔든다

빛이 그림자를 안고 있듯이
밤이 새벽을 열어주듯이
그렇게 나도
눈부신 것 하나쯤 지니고 싶어
바람에 흔들리며
기도한다
온몸으로

억새의 노래 8

억새꽃 피면
가자 가자
맨발로 가자
이 도시의 가면을 벗어던지고
곰팡이 핀 일상도 집어 던지고
맨살의 억새꽃 춤추는
바람의 들판으로 가자
구름의 들판으로 가자

언제부턴가
가슴에 바위가 생겨
날마다 커가며
짓눌리는 하루하루
그대 말소리
습기에 차고
웃음마저 주눅에 절었다

눈감고 싶은
귀 막고 싶은

이 도시의 껍데기를 벗어던지고
가자가자
맨발로 가자
억새꽃 피면
저 야성의 들판으로

바라보는 것만으로

바라보는 것만으로
완성해야 하는 것들이 있다

서녘 하늘에 울려 퍼지는 저녁노을
천사의 웃음소리 같은 첫 눈송이
꿈속에서나 가끔씩 보이는 사람

너무나 아름다워서
너무나 사랑하기 때문에

만질 수 없다
만지면 사라진다
그저 바라볼 뿐
눈으로만 껴안을 뿐

어떤 이름을 들으면

어떤 이름을 들으면
상큼해진다

어떤 이름을 들으면
가슴이 환하다

어떤 이름을 들으면
웃음이 피어난다

어떤 이름을 들으면
마구 달리고 싶다

아아 어떤 이름을 들으면
통증이 솟는다
이제는 만날 수 없는
내 사랑의 이름

초원의 의자

물가에 돋아난 풀처럼
늘 발이 젖어
시린 가슴 한 모퉁이
거기에 의자 하나를 놓는다
떨고 있는 마음아
거기에 몸을 기대렴
초원의 의자에 앉아
마른 풀잎이 부르는
바람의 노래를 들으렴

외로울 때마다 떠오르는
초원의 의자
그리고 하얀 물매화

창

나는 날마다 창을 연다
나를 향해 길 떠난
그대 그리움 맞기 위하여

사랑을 만나면

마르고 평범한 무늬의 돌이
물을 만나면
흐르는 물을 만나면
살아서 헤엄친다
가시덤불 들판도
봄을 만나면
눈부신 찔레꽃밭이 된다
사람도 그러하리라
사랑을 만나면
어둡고 스산한 삭신에 등불 켜지고
몇 번이고 넘어져 무릎 깨져도
일어나 달려갈 수 있다
한 사람에게로
제 몸 태워 그 불꽃으로
제 영혼 밝히는
그런 눈부신 일을 할 수 있으니
사랑을 만나면

에미의 노래

가다가 도라지꽃밭 만나거든
네 어미 아린 가슴인 줄 알라
무명적삼 몽당치마 하나로
그렇게 야윈 젊음 이울었느니

가다가 엉겅퀴밭 만나거든
네 어미 아픈 가슴인 줄 알라
걸음걸음마다 가시 돋아
그렇게 눈물지며 살았느니

가다가 고사리밭 만나거든
네 어미 설운 가슴인 줄 알라
꺾이어도 꺾이어도 다시 돋으며
그렇게 되살아나며 살았느니

길가에 서 있는 그대를 보았지

길가에 서 있는 그대를 보았지
파란 신호등 켜지길 기다리며
서 있는 그대
광고전단 붙였다 떼인 자국으로 얼룩진
도시의 전신주처럼 허름해 보였다
한때 내 사랑이었던 그대
주름이 풀린 바지 축 처진 어깨를 보며
곳곳에서 저렇듯 빨간 신호등에 발이 묶여
그대 삶이 고단하였구나
우산도 없이 빗길 같은 삶을 질척였구나

길가에 서 있는 그대를 보았지
빨간 신호등이 바뀌길 기다리며
서 있는 그대
기껏해야 일 년에 서너 번 세금고지서나 배달되는
시골집 우편함처럼 쓸쓸해 보였다
한때 내 사랑이었던 그대
굽 닳은 빨간 구두와 풀린 파마머리를 보며
곳곳에서 저렇듯 파란 신호등 기다리며

그대 삶이 시들었구나
우산도 없이 빗길 같은 삶을 질척였구나

엉겅퀴 사랑

너를 사랑하게 되면서부터
입술을 깨무는 버릇이 생겼다

가시 많은 엉겅퀴가
나인 것만 같아
뼈저린 그리움이
온통 가시로 변하여
너를 찌르고 있는 것만 같아

슬픔이 독인 줄 알면서도
목젖이 아프도록 삼키는 나는
너를 사랑하게 되면서부터
문득문득
눈물이 핑 도는 버릇이 생겼다

오름에 봄이 오면

봄이 오는 들녘에
새살 돋아나 청초 푸르르고
휘파람새 목소리 틔어
바람결에 제 짝 찾는 소리
멀리멀리 실어 보낼 때
흐벅진 맨살 다 드러낸 오름 오른다

애써 높이 치솟지 않아도
조금씩 조금씩 나를 당기는 오름에서
굳이 허리 굽혀 낮추지 않아도
나직이 나직이 나를 내리는 오름에서
나 이다음 세상에서 되고 싶은
잔잔한 풀꽃들 지금 만난다

오름 살에 비벼댄 내 시름 떨기 떨기마다
종종거리며 피어나는 풀꽃들
한낱 풀잎도 제 한 몸 다하여
자연의 섭리에 순명하는 세상만물의 이치를
이렇듯 따끈따끈 보여준다

나그넷길이라는 이 세상
돌아볼 겨를도 없다는데
맴도는 인간사에 연연한 사람아

아득한 것 쫓으려 하지 말고
가까운 것에 마음을 붙여볼 일이라고
내딛는 발자국마다
제비꽃 솜방망이 피뿌리 꽃이 옹알거린다
둥근 것은 둥근 것끼리 모난 것은 모난 것끼리
손잡고 어울려 피어
생의 더운 입김 저토록 절절하다

한때 이 산천 넘쳐나던 피눈물 하며 갈색 적막
혼자 뒹굴며 안으로 안으로 삭힌 오름들
제 몫의 외로움으로 스스로를 버티고 있는
저 둥근 오름들
멀리서 가까이서
어진 마음의 뽄새를 보여주며

나 걸어야 할 길도 그러해야 하리라고
넌지시 일러준다

천지간에 새봄 돌아와
산천초목 활갯짓할 때
까무라치던 청승 훌훌 벗어던지고
이 좋은 시절을 그냥 보낼까 보냐고
봄바람 손길마다 흐벅진 속살 터뜨리며
제 눈물 자죽 자죽을 풀꽃으로 아무리는 오름에서
어여쁘디어여쁜 생의 불씨 한 톨 얻는다
땅과 내통하여 얻은 이 찐한 것으로
시들시들한 나 쌩쌩해보리

옛 등대에서

두모리 바닷가의 옛 등대 보셨나요?
그 나지막한 아름다움
눈부시지 않으나 환합니다
황혼녘에 바다로 나간
지아비 돌아올 뱃길 밝히려고
어유 등잔에 불을 켜 얹던
아낙의 마음이 오롯이 짚입니다
비바람 사나운 어느 밤은
젖은 몸 떨면서 지켜 섰겠지요
다시는 바다로 보내지 않으리라
다짐도 수없이 하였겠지요
울타리 수국꽃 흐린 장맛비에 젖는데
나는 친구와 같이 조선의 등대를 찾아와
사진을 찍습니다
등대 아래에는 예전에도 있었을
한 살이 풀이 푸르른데
바다에 정을 붙이고 살던 옛사람은
마음만 남긴 채 떠나고 없습니다
그 마음에 내 마음을 포개면

낡은 흑백사진에 등대불빛이 가물거립니다
그 나지막한 아름다움
눈부시지 않으나 환합니다

별 이야기 4

— L에게

난 가끔 지상에 내려왔다가
기억상실증에 걸려버린 별을 만납니다
돌아가는 길을 잃어버리고
지상의 모습에 의탁한 별들
때론 애기달맞이꽃의 모습으로
때론 사람의 모습으로
그들에게선 별 냄새가 납니다
아득하고 드높은 밤하늘의 향기
붙잡을 수 없으나
결코 잊혀질 수 없는 향기
우리 곁에 순간밖에 머물지 못하나
이 세상 저 너머의 시간과 공간을
문득 깨우쳐 주고 사라져 가는 것들
그들은 밤하늘을 가지고 있는
사람의 품안에서 반짝거립니다

그대에게 그런 별 있는지요?

무소유의 길

늦가을 오후 해는 서녘에 설핏하고
소슬바람에 나뭇잎 떨면서 지면서
서로 결별하는 손짓 소리
가을날의 음악으로 적적히 나부끼는
그런 고요한 시간에
붉은 소나무의 솔잎은 왜 그리 청청한지요
땅 위에 있는 것들의 그림자는 왜 그리 길어지는지요
그런 날 그 길 지나면
무슨 옷을 입었던 간에 무색으로 빛바래버리고
청춘의 으슥진 곳에서 타올랐던 눈물들에 대하여
지금 나를 버겁게 하는 것들에 대하여
문득 그냥 홀홀해집니다
내 지니고 있는 영혼의 무게 차마 부끄럽고
삶의 적막함에 오싹 진저리가 쳐지면서
자기가 한없이 가벼운 존재라는 걸
일순에 깨닫게 해주는 그런 길
아흔아홉골에 있습니다
참 아름다운 무소유의 길

5부

오름에 피는 꽃

정신의 그믐

화려한 것의 이면에는
깊은 슬픔이 있다
향기로운 꽃송이 아래쪽에는
어둠을 뚫고 가는 잔뿌리의 아픔이 있다
즐겁게 노래하는 새의
뼛속은 텅 비어 있다
드러나지 않은 생이 이면이 우리를 만들어간다
갈림길에서 나는 기꺼이 비포장도로를 택하였다
부르튼 발을 앓는 밤마다
태아처럼 웅크리고 건너가는 불면不眠
두려운 것은 궁핍이 아니라
기름진 삶이 가져오는 정신의 그믐이었다
높이 날기 위하여 창자를 비우는 새
겨울을 건너가기 위하여
알몸이 되는 나무
그들에게서 나는 배운다
무거운 이 세상 건너는 법을

자연이라는 책

난 가끔 바다가 보이는 오름에 앉아
자연을 읽는다

하루의 마감을 빛깔로 소리치는 바다

일몰이 장엄한 날은
파도도 숨죽인다
바람도 가던 길을 멈춰 선다

바이오리듬의 곡선처럼 구불텅거리는
삶의 질곡이 버거워 멀미하는 나

오름에 앉아 바다를 보노라면
나를 애태우고
나를 잠 못 들게 하는 것들
그런 것들이 갑자기 희미해져 간다

외로울 때마다 펴보는
자연이라는 책

나는 아직도 믿고 있다

별이 지상에 내려왔다가
하늘로 돌아가는 길을 잃으면
꽃이 된다는 이야기
나는 아직도 믿고 있다

사람이 죽으면
맑은 영혼은 하늘로 올라가
별이 된다는 이야기
나는 아직도 믿고 있다

새벽마다 정안수 한 그릇 떠놓고
간절한 마음으로 빌고 또 빌면
천지신명이 그 마음 헤아린다는 걸
나는 아직도 믿고 있다

동백꽃

아름다운 사랑은 결코 시들지 않는다
별리가 있을 뿐
겨울, 동백꽃도 그러하다
핏덩이 같은 꽃송이가 툭툭
통째로 미련 없이 진다
가장 아름다울 때 나무를 떠난다
그건 꽃피게 해준 뿌리와 대지에 대한
감사의 입맞춤이다
단단한 열매를 맺기 위해서
청춘을 절제하는 향기로운 몸짓이다

거침없이 가리라

한라산정 벼랑에서만 피어나는
돌매화 꽃의 순결한 고집
내 안에 있고

하늘 땅 바다 단숨에 뒤엎으며
포효하는 폭풍우의 격정
내 안에 있고

오름 오름마다에서 살붙이고 살아가는
산천초목의 검질김
내 안에 있고

황량한 벌판을 눈보라로 내달리는
칼바람의 비정함
내 안에 있고

자기를 믿어주는 사람을 위해서라면
밤새워 달려가 신명을 다 바치는
일만팔천 신들의 영험함

내 안에 있고

높이보다 깊이를 사랑하는 산
한라산의 그윽함
내 안에 있고

도도히 파도치는 제주바다
그 짙푸른 맥박
내 안에 있으니

나를 존재하게 하는 것들
나를 존엄하게 하는 것들
내 안에 있다
내 안에 있다

그러한 것들을 지니인
나는 제주사람
새해 새 아침을 스스로 열어젖히고
거침없이 걸어가리라

아, 서귀포!

강남이 좋다는 건 옛말이여
지금은 서귀포가 훨씬 낫지이
하며 제비들이 겨울을 나는 곳
도도하게 콧대 높은 향기를 내뿜는
제주한란의 본향
무병장수의 별 남극노인성을 바라볼 수 있는 곳
날아다니는 보석이라는 영롱한 새
팔색조가 날아와 새끼를 치는 곳
한겨울에도 천연덕스럽게 피어나는
보랏빛 해국海菊 송이들
흑수정으로 빚은 용궁의 기둥들이
우뚝우뚝한 바닷가 벼랑들
밀감꽃 향기 안개로 흘러 옷섶을 적시고
살갗에 문신으로 새겨지는 곳
한번만 인사를 나누고 나면
살붙이처럼 반겨주는 정 깊은 사람들이
아름답게 살아가는 곳
아, 서귀포!
이런 곳에서 어찌 부자로 살기를 바라랴

지닌 것 아무것도 없어도
사는 곳 남루로 곰팡이 슬더라도
마음은 가득하리 마냥 편안하리
맨발로 굽 닳은 플라스틱 슬리퍼를 끌고
거지처럼 헤매어도 좋으리
아, 어쩌다 돈이 생기면 꽃을 사리라
꽃을 가득 안고 가리, 아름다운 벼랑으로
서귀포 푸른 바다에 꽃을 바치며 빌리라
내 생애 한번은 꼭 살아보고 싶은 서귀포에게
꽃을 바치며 간절히 빌리라
서귀포여, 그대는 천박해져서는 안 된다!

바람이 쓰던 초서草書
— 素菴 선생 영전에

김밥 두 줄을 가지고
선생님과 소풍을 갔었다
점심을 함께하고 싶다는 나의 청을 받으시곤
난 기름진 음식 좋아하지 않아요
어디 시원한 오름에 가서
풀꽃들이나 같이 봅시다
이렇게 청명한 날
세상의 식당 구석에서 밥을 먹으면
사람이 제대로 보이질 않아요
차라리 시원한 바람 속에서
자연과 대화하는 게 행복한 일 아니겠소
동문로타리 남성당표구사 옆에 가면
왕김밥집이 있는데 거기서 김밥 두 줄 사가지고
오름에 소풍 가는 게 어때요
춘추 미수米壽였던 선생님
미악산에 올라 서귀포를
혈육처럼 정겹게 바라보셨다
고운 한복에 연둣빛 세타를 걸쳐 입으신
선생님의 흰 머리카락과 성성한 흰 수염으로

바람은 초서草書를 쓰고
나는 그 하얀 모습에서
푸른빛 어리인 새까만 묵향墨香이
풀풀 날리는 걸 보았다
문득 도연명의 시구*
인생은 뿌리도 꼭지도 없어 人生無根蔕
바람에 날리는 먼지와 같은 것 飄如陌上塵
… … …

어찌 골육만을 사랑하리 何必骨肉親
기쁜 일 당하면 마땅히 得歡當作樂
이웃과 말술을 마셔야지 斗酒聚比隣
… … …

읊어주시곤 껄껄 웃으시며
시인은 가도 시는 이렇게
우리 곁에 오래 남아 있으니
그 얼마나 기쁜 일이요
이 세상 생명을 얻은 일
그 또한 얼마나 고마운 일이요
고사리 필 무렵

김밥 두 줄 가지고 오름에 소풍 가서 보았던
선생님과 바람이 쓰던 초서
그 시퍼런 빛 어리인 묵향
내 마음에는 아직도 휘날리고
천지의 봄빛을 어루만지며 사랑하던
그 얼굴 그 목소리
그 정신을
다시 어디서 만나리

좋은 돌

떨어져 나갈 것 다 떨어져 나가고
흩어져 조각날 것 다 조각나버리고
잔 미련 다 떨쳐버려
빛깔에도
형태에도
연연해 하는 기색이라곤
몇백 년을 두고 기다려 봐도
전혀 나타날 것 같지 않은
그런 돌이 있지요
그런 돌, 좋은 돌입니다
두고두고 친구할 만해요

해녀 금덕이

바다가 운다
우렁우렁 운다
뒤척이며 밤새도록 운다
마을은 바람 한 점 없이 고요한데
금덕이여가 있는 성산포 바다
소용돌이치며 운다
하얗게 거품 일며 운다
성산포 사람들은 알고 있다
금덕이여가 울면 며칠 없어 태풍이 들이닥친다는 걸

금덕이는
200년 전 성산읍 신풍리에 살았던 대상군* 해녀
아기 낳고 사흘 만에 바다에 나갔다가
어지럼증에 그만 정신을 잃어
파도에 실려 먼바다로 떠밀려갔다
문득 정신이 들고 보니 바다 한복판
몸은 바닷속으로 가뭇없이 잠겨갔다
아들 낳았다고 좋아했는데
핏덩이를 두고 이렇게 죽는구나

그런데 이게 웬 조화인가
발바닥에 바위의 감촉이 닿았다
바위를 딛고 서보니 물은 겨우 허리깨에 찼다
허리에 묶은 테왁줄 잡아당기니
구명보트 같은 테왁이 저만치서 이끌려 왔다
이렇게 금덕이는 살아났고
그 여礁에는 '금덕이여'라는 이름이 붙었다

금덕이여는 30만 평, 바닷속 보물창고
최상품의 미역밭이었다
한양 임금님 수라상에 올리는 진상품 미역은
금덕이여에서 캐낸 것이 최고
금덕이여 자리돔은 성산포 일대에서는
물회로 젓갈로 크기는 작아도 사랑받는 물고기
전복도 구젱기도 금덕이여에서 잡은 건
크기도 크거니와 맛도 깊어 진미珍味 중의 진미더라

금덕이는 신풍리 대상군 해녀
뙤약볕 아래서 콩밭 검질 매다가도

물때가 되면
안장도 얹지 않은 말을 타고 바다로 내달렸다

불턱*에서는 잡은 구젱기 손 크게 내놓아
허기진 동료 해녀들 군입거리로 주고
언제나 걸쭉한 입담 푸짐한 웃음으로
모두의 가슴을 훈훈하게 덥혀줬던
진정한 대상군 해녀 금덕이
금덕이여에서 캐낸 해산물로
집도 장만하고 밭도 사서 다들 부러워했다

한 시대를 풍미했던 여장부
해녀 금덕이는 갔어도
금덕이여는 남아
저 바닷속 보물창고로 남아
지금도 해녀들 먹여 살린다

태풍이 올라치면
성산포 마을에 퍼져나가는

우렁우렁 바다의 울음소리
금덕이여 물결이 우는 소리
해녀 금덕이가 알려주는 태풍경보

* 대상군: 최고의 기량과 덕성을 갖춘 해녀 그룹의 리더.
* 불턱: 해녀들의 쉼터.

두서없이 쓴 시

외로운 이름일수록 한번 불러주고 싶다

키 작은 엉겅퀴 꽃아
마라도 엉겅퀴 꽃아
너는 키가 10㎝
자꾸만 후려치는 바람에 맞아
뺨이 붉다

마라도에선 바람이
땅을 샅샅이 훑으며 분다
소금기 잔뜩 묻은 혓바닥으로

외로움은 키가 작다
자꾸만 안으로 움츠리니까
외로움은 가시가 많다
바깥에다 자꾸만 울타리를 치니까

외로운 이름일수록
한 번 더 안아주고 싶다

오름은 살아있다

오름에는 바람이 있다
지난밤의 그 지독했던 바람에 한없이 떨어야 했던
풀잎들의 휘인 모습은
어쩌면 삶에 지친 나 자신의 모습으로 눈에 밟힌다
그럼에도 불구하고
들꽃은 불평 한마디 없이
꽃봉오리를 열어 세상을 바라보려 한다
그 삶에의 경건함이
마음의 옷깃을 다시 여미게 한다
오름에서 만나는 돌멩이 하나도 가만히 생각해보면
몇천만 년의 세월을 살아왔을 것이냐
자신이 그럴듯한 산악山嶽도 아니고
하다못해 바위도 못되고
그저 아무도 주목하지 않는
하찮은 돌멩이에 불과하지만
그래도 그곳에 불평 한마디 없이 있다
거기 그렇게 존재할 수 있다는 것만으로도
떳떳하다는 듯이
어제도 불었고 오늘도 불고 있는 바람 속에서

마음의 검은 구름이 날아간다
집이 없는 설움이 날아간다
찢어진 사랑이 날아간다
외톨이의 소외감이 날아간다
돈과는 영 인연이 없는 찌그러진 날들이 날아간다
외상장부가 날아간다
때로는 부드럽고 때로는 야멸차게
때로는 간지럽게
때로는 독살스럽게
오름에서 부는 바람은
우리 마음에 켜켜이 쌓인 찌꺼기와 때를
속속들이 쓸어내고 털어낸다

오름에는 울림이 있다
오름의 울림은 껍질이 아니라 속살의 가락이다
야성의 혼이 부르는 노래이다
저 한라산정에서 발원하여
심산유곡을 에돌아 흘러
바다에 이르는 유장한 음악이다

시초에 울림이 태어나면서 타올랐을
용암의 불꽃이 내면으로 침잠하여
면면히 흐르고 있듯이
그것은 정적 속에서 안으로 흘러든다
그리하여 오름의 울림은
잠든 우리 혼을 흔들어 깨운다
끊어질 듯 이어지는 오름과 오름의 파노라마
그것은 차라리 울림의 악보樂譜다
오름과 오름이 서로 화답하고
오름과 사람이 내통한다
오름은 살아있다
촌스런 고향이 죽도록 싫어서 기어이 떠난 사람
머리카락 희어가는 어느 날 홀연히
그의 가슴에서 고향의 오름은 되살아난다
그것은 감히 거역할 수 없는 모성母性의 울림

오름에는 빛깔이 있다
오름의 모습은 하나이되 결코 하나가 아니다
보는 방향에 따라 계절에 따라

날씨에 따라 기분에 따라
사람에 따라 다르게 다가온다
해마다 다르고 날마다 다르고 시간에 따라 다르고
햇빛에 따라 다르고
바람에 따라 다르고 구름에 따라 다르고
안개에 따라 다르다
오름은 대자연의 탤런트이다
싸락눈이 왕소금처럼 얼얼하게
귀싸대기를 후려갈기는 그런 한겨울 날
오름 위에 올라 보라
문득문득 찢어지는 구름 사이로 보이는 하늘빛은
어찌 그리 푸르른가
절망 속에서 움튼다는
희망의 빛깔이 그러하단 것일까
녹작지근하게 무르익은 봄빛 속에서
높이높이 날아오르는 종달새의 노래는
어찌 그리 맑은가
적금통장도 없고 퇴직금이 보장된 직장도 없을 텐데
왜 그렇게 즐거이 노래할 수 있다는 것이냐

134

우리의 무채색인 나날들
상투적인 빛깔들이 문득 부끄럽게 돌아다 보인다
아, 나는 무엇 하며 살았나
내 빛깔은 언제 적부터 길을 잃었나
허심탄회하게 문을 열고 가라
탁해진 마음의 눈빛을 맑혀주는 빛깔이
오름에는 지천으로 깔려있다

오름에는 소리가 있다
소멸과 생성을 순환하는 생명의 소리가 있다
사람의 마을에 살면서 알게 모르게
귀에 쑤셔 박힌 소리들이
오름을 오르는 발자국마다
하나씩 하나씩 떨어져 나간다
심장을 졸아붙게 하고 숨을 멎게 하고
눈앞을 깜깜하게 하던
소리의 더께들이 떨어져 나간다
자동차의 급브레이크 소리, TV 소리,
한밤중의 불자동차 소리,

냉장고의 콤프레샤가 돌아가는 소리,
직장의 상관이 쏘는 눈총 소리,
주택가를 돌아다니는 잡상인의 소리…
원하지도 않았는데
마음과는 상관없이 달려와
귀를 때리고 정신을 흩어놓았던
그런 소리들이 떨어져 나간 그 자리에
싱그럽고 해맑은 소리들이 고즈넉하게 깃든다
떠오르는 아침 해의 뜨거운 숨소리가 들린다
지하로 흘러가는 생수生水의
차고 맑은 소리가 들린다
꽃봉오리를 실 잣는 들꽃의 물레 소리가 들린다
하늘을 빗자루질하는 구름의 소리가 들린다
달빛 아래서만 문을 여는
어떤 신비한 꽃의 소리가 들린다
오랜 번데기의 고행 끝에
허물을 벗는 곤충의 소리가 들린다
거미줄에 맺히는 이슬방울의 소리가 들린다
그리고 들린다

빈약한 영혼을 고해告解하는
내 깊은 곳으로부터의
슬픔어린 소리

오름에는 향기가 있다
실오라기 하나 걸치지 않은 매끄러운 여인,
드러누워 되새김질하는 소,
나란히 어깨동무를 하고 있는 삼 형제,
처녀의 젖가슴, 벌판에 떨어진 샛별,
불끈 솟아오른 남근男根, 로마의 콜로시움,
탐스러운 여성의 조개,
마악 차오르는 초승달…
330여 개의 제주오름은 그 모습이 모두 다르다
거기에 몸 붙여 살고 있는 생명들이 다르기에
빚어내는 분위기가 다르다
그러나 한 가지 같은 점이 있다
어느 오름에 올라가더라도 다른 오름의
둥글고 어진 선線이 바라보인다
다정한 이웃처럼, 형제처럼, 친구처럼

너는 결코 혼자가 아니야
내가 여기 있잖니 라고 말하고 있다
가장 야한 자세로 누워있는 오름이라 할지라도
아무도 그 모습에서 욕정을 느끼지 못한다
그 고요하고 정갈한 자연의 누드에서
성性스러움보다는
오히려 성聖스러움을 느끼게 된다
짙어가는 가을날 햇살 아래서
서둘러 짝짓기하는 메뚜기들이 연민으로 다가오고
물매화 새하얀 꽃송이가
그렇게나 대견스럽다
사람은 만물의 영장이라는
섣부른 지식이 빛을 잃는다
이 세상 만물에게도
나와 같은 애증의 고통이 있고
영혼에의 갈구가 있다는 깨달음이
문득 가슴을 친다
이기심투성이인 자신의 모습이
거울 앞에 선 듯 비쳐 보인다

걸어왔던 길들에 뿌려진 오욕이 선명하게 부끄럽다
짧은 한철을 살고 한마디 변명도 없이
불평도 없이 스러지는
한 송이 들꽃도 지니고 있는 향기
사람인 내게서는 어떤 냄새가 나던가
내 향기는 무엇이던가
그저 오래 살기나 바라고
돈이나 쌓아 놓기를 꿈꾸고
사람의 머리 위에 서는 것을 가치 있는 일이라 여기며
시간을 쪼개고 또 쪼개진 않았던가
누구는 이 세상을 향로香爐라 하였다
우리 삶이란 향을 태우는 일이라 하였다
오름에서 향을 사르듯
열심히 살고 있는
나무며 풀들,
그리고 새와 벌레며 짐승들
대자연의 섭리에 순명하는 그들이 빚는
소리와 빛깔은
오름의 향기가 된다

오름의 향기는 말이 없다
요란하지 않다
수선스럽지 않다
다만 고요하다 적막하다
그저 아름다울 뿐이다

해설

김순이 연보

바다로 떠나지 못한 시인의 비가悲歌

허 상 문(영남대 교수 · 문학평론가)

미국의 시인 칼 샌드버그Carl Sandburg는 시인은 바다를 꿈꾸는 자이며, 시인이 쓴 시는 대지 위에 살면서 바다로 도망가려 하는 바다 동물의 일기라고 한 적이 있다. 바다 동물인 시인은 바다에 대한 갈망을 되풀이하면서 바다로 떠나가려고 한다. 그러나 바다는 시인이 쉽게 닿을 수 없는 머나먼 피안의 세계에 있다.

바다를 동경하다 천형天刑의 삶을 살게 된 신화 속 오디세우스 이래로 동서양의 수많은 영웅과 시인들은 바다를 노래했다. 그들은 바다를 바라보며 자유와 영원, 원형적 그리움과 삶의 슬픔을 이야기했다. 바다를 꿈꾸는 시인은 언제나 새로운 세계에 대한 동경과 갈망을 업보의 언어로 간직하며 살아간다. 시인의 삶은 신들린 듯 행복하거나 자멸적으로 불행하거나 둘 중 하나다. 시인에게 중간이란 없다. 보통 사람과 시인의 차이점이 무엇

인지를 묻는다면, 시인은 세상을 인식하는 것이 아니라 세상을 '꿈꾸는 자'라 할 수 있다. 꿈꾼다는 것은 고통스러운 일상에서 벗어나 낯설게 부유하는 정신적 갈망에서 새로운 구원의 메시지를 찾는 행위이다. 모든 시 쓰기는 말의 진정한 의미에서의 꿈꾸기 행위다. 시인은 오늘도 바다를 꿈꾼다. 그러나 그들은 바다로 떠날 수 없기 때문에 바다를 바라보며 슬픈 노래를 부를 수밖에 없다.

제주 바다의 딸인 김순이 시인이 자신의 시 세계를 정리하는 시 선집『제주야행』을 발간한다. 그동안 김순이 시인은『제주 바다는 소리쳐 울 때 아름답다』,『기다려 주지 않는 시간을 향하여』,『미친 사랑의 노래』,『초원의 의자』같은 시집을 출간하면서 제주의 대표적인 시인으로 자리하고 있다. 한 시인이 시 선집을 발간한다는 것은 자기 시의 총체적 모습을 보여주겠다는 시도이다. 이 시집을 읽는 독자들도 시인의 모습을 보다 깊고 넓게 바라볼 수 있는 즐거움을 동시에 누릴 수 있게 된다.

김순이의 시를 정독하다 보면, 시인의 시세계는 근본적으로 낭만주의적 서정시의 문법에 뿌리를 두고 있음을 느끼게 된다. 흔히 낭만주의 문학은 현실에 매이지 않고 감상적感傷的이고 이상적으로 자연과 사물을 대하는 태도나 심리 혹은 그런 분위기를 연상하게 되거니와, 실제 낭만주의의 이념은 인간과 세상 혹은 인간과 자연의 관계가 서로 유기적인 관련을 맺고 있다는 인식에 기초

하고 있다. 이를테면 인간과 자연은 통일적인 유기체이어서 인간 정신의 발전 국면이 자연 현상과 결합하면서 (무)의식적 연대를 강화한다고 여긴다. 그리하여 낭만주의적 인식에 기초한 시인들은 항상 눈에 보이지 않는 곳을 응시하고 그리워한다. 그곳은 때로 공간적 메타포로 나타나지만, 낭만주의 이래 시인들에게 새로운 발견과 전유를 통해서 선취 되는 초월의 계기가 되거나 지향이었다.

　김순이의 시가 낭만주의적 서정성에 바탕하고 있다는 것은 바로 시인이 당면하고 있는 세상과 자연이라는 현실적 삶의 공간이 단순히 '지금 여기'의 의미를 지니는 것이 아니라, 이상화된 과거에 대한 그리움이나 아직 오지 않은 미래의 '머나먼 저기'를 응시하고 있다는 사실과 다르지 않다. 그의 시에서는 지나온 시간의 불가역성과 다가올 시간에 대한 초월의 의미가 항상 중요하게 다루어진다. 말하자면 김순이의 시적 체험은 볼 수 있으되 볼 수 없는 것, 갈 수 있으되 갈 수 없는 곳에 대한 강렬한 갈망과 동경으로 이루어지고 있으며, 이 시적 정서는 구체적이고 현실적인 체험이라기보다는 존재의 내부 혹은 정신에의 추상으로부터 우러나오는 것이다. 이런 현상은 그의 시가 절실한 생의 경험에서 나온 것이라기보다는 깊은 내면적 고뇌에서 우러나온 것이라는 혐의까지 낳게 한다. 그리하여 김순이의 시가 보여주는 서정적이면서 핍진한 내면성의 언어들은 다분히 실존적인 언어로서 작용하며, 동시에 삶을 추상해 내는 특유의 시적 인식의 선행 조건으로 기능한다.

시인의 낭만적 서정은 자신을 둘러싸고 있는 외부적 대상들을 시적 사유의 중심으로 끌어들이는 자기 동일화의 경향에 의해 강화된다. 다시 말해 김순이의 시에서 나타나는 서정적 풍경은 체험적 현실과의 적극적인 조우에 의해 야기된 외부적인 대상들을 노래하는 데 그치는 것이 아니라 내면의 어떤 선험적인 정서의 작동에 의해 유인된다. 그럼으로써 그 대상들은 화자의 내적인 정황을 투사하는 서정적 이미지들로서의 시적 문법에 의존하게 되는 것이다. 이런 의미에서 그의 많은 시에서 중심 이미지로 등장하는 바다, 섬, 오름은 시인이 자기 동일성을 위해서 차용한 '객관적 상관물objective correlative' 이다. 시인은 자신의 시에서 나타나는 많은 풍경을 통해서 시적 주체와의 상호 관계 형성을 위한 통합성을 강조하며, 이를 객관적 실재나 사실을 치환하거나 역전시키는 언어로 만든다. 그리하여 김순이 시에서 언어의 풍경은 정서를 유발시킨 구체적인 현실적 삶의 정황과 연관되면서 그 자체가 자족적이고 선험적인 의식의 공간에 놓이게 된다. 이런 이미지들을 통해서 시인은 시의 주요한 주제인 그리움·기다림·사랑·슬픔을 구체화한다. 김순이의 시 가운데에서 가장 널리 알려진 「제주바다는 소리쳐 울 때 아름답다」는 이런 정황을 잘 말해준다.

맨살의 얼굴로
제주바다는 소리쳐 울 때 아름답다

외로울 때마다
바다를 생각하는 버릇이 있는
나는 바닷가 태생
구름에서 일어나 거슬러 부는 바람에
쥐어박히며 자랐으니
어디에서고 따라붙는 소금기
비늘 되어 살 속 깊이 박혔다
떨치고 어디론가 떠나보아도
되돌아오는 윤회의 파도가
내 피 속에 흘러
원인 모를 병으로 몸이 저릴 때마다
찾아가 몸을 담그는 나의 바다
　　　　　－「제주 바다는 소리쳐 울 때 아름답다」 부분

　　이 시는 '나'와 '바다'라는 두 존재의 어긋난 회로를 그
리고 있다. '바다'는 화자에게 다가서고 물러서는 방법을
알려주는 존재이다. 바다는 화자의 그리움의 대상이지
만 '나' 아닌 존재로서 소통이나 연대로 이어지지 못하면
서 타자로 존재한다. 그렇지만 바다를 향한 화자의 갈망
은 그치지 않는다. "외로울 때마다/ 바다를 생각하는 버
릇"이 있어 "떨치고 어디론가 떠나보아도/ 되돌아오는
윤회의 파도"로 존재한다. "원인 모를 병으로 몸이 저릴

때마다/ 찾아가 몸을 담그는 나의 바다"이다. 화자는 깊은 허망과 상실의 끝일지라도 그 바다로 가서 소리쳐 울리라고 다짐한다. 시인의 욕망은 이미 떠날 수 없는 불가능을 향해 꿈꾸며 달려가고 있고, '바다'는 나의 존재의 운명으로는 쉽게 도달할 수 없는 곳이다.

　바다를 향한 시인이 갈망하는 끝은 어디일까. 고통스러운 현실과의 대면에서 벗어나고자 하는 갈증, 그것은 새로운 세상과 유토피아에 대한 갈망에 다름 아니다. 그는 바다의 환상을 떠올리며 바다로 가려고 한다. 갈증은 거듭되고, 다시 바다를 찾아 나선다. 이제 시인에게 바다는 어디를 가나 나타나는 그리움의 대상이고, 죽을 때까지 지니고 가야야 할 '불치병'이 되어버리고 말았다.

　　그리움은 그리움으로
　　갚아야 할 빚이기에
　　눈이 시리도록 바라보아도 질리지 않아
　　병이 된 듯했습니다

　　한번 사로잡히면 놓여나지 못하는
　　우리 고향 바다의 애증은
　　차라리 죽을 때까지 지니고 갈
　　불치병인지도 모릅니다

　　　　　　　　　　　　　－「바다 병病」부분

화자가 부르는 슬픈 바다의 노래는 "그리움으로/ 갚아야 될 빚"이다. 이 생에서는 영원히 가질 수도 도달할 수도 없는 "아무도 모르는/ 섬 하나"이다. 또한 그가 부르는 바다와 섬에 대한 열망은 "혼자 있을 때 자신이 외톨이일 때/ 괴로움에 못 이길 때"(「섬2」) 남몰래 꺼내보는 운명과 같은 것이다. 그것은 바로 시인이 이룰 수 없는 욕망이고, 이 욕망으로 인하여 그는 바다로 떠나고자 하지만, 바다는 저 멀리 자신이 닿을 수 없는 곳에 있다. 그러므로 바다를 향하여 시인이 아무리 아름다운 노래를 부를지라도 닿을 수 없고 화해할 수 없는 슬픈 노래가 되고 만다.

시인이 비로소 깨닫게 되는 것은 자신이 지상에 몸담고 살아가는 인간이라는 것, 인간은 새가 될 수 없기 때문에 마음대로 가고자 하는 곳으로 날아갈 수 없다는 것이다. 시인은 어둠이 내린 밤바다의 부두에서 들려오는 뱃고동 소리를 들으며 어느 곳에 몸을 숨길지 속수무책으로 떨고 있는 자신을 바라본다. 그리고 무슨 노래를 부르고 있는지 알지 못한다. 화자는 결코 닿을 수 없는 존재인 '그대'에게 닿고자 하며 어둠 속을 배회하고 있지만, "한없이 떨고 있는/ 그대의 파도는/ 그대의 어둠만 덮칠 뿐"이다.

> 날마다 부두에서 들려오는
> 뱃고동 소리

누군가를 실어온 듯 부르고
싸구려 술에 절어 돌아다니다가
울부짖을 곳조차 제대로 없는 그대
밤바다에 이르러
다시 한 번 속수무책인 채로
한없이 떨고 있는
그대의 파도는
그대의 어둠만 덮칠 뿐

— 「그대」 부분

시인은 바다에 대한 화자의 내면적 정황을 주관적인 심상에 따라 상상적으로 조립해내는 언술 방식을 취하고 있다. 이 시에서 드러나고 있는 어떤 좌절된 자의식의 혼돈 상태는 우리에게 비극적 분위기로 다가온다. 어쩌면 '그대'는 시인이 허구로 만든 불가능에 대한 가능성의 염원을 나타내는 것이며, 시인이 지상의 현실로부터 또 다른 세상에 닿고자 하는 꿈을 암시하는 것인지 모른다. 결국 '그대'와 화자는 밤바다의 어둠 속에서 떨어야 하는 상황에 도달하게 되고, 그 불가능한 일치는 안타까운 비가悲歌로 남는다. 그것은 바로 상실과 부재 속에서 이 세상과 존재 의미를 확인코자 하는 노력이다.

김순이 시 전편에는 상실과 부재로 충만하다. 사람들 사이에는 소통과 신뢰가 없고, 도시와 고향 사이는 텅 비어 있다. 부재는 단순히 어떤 것의 없음에 대한 의식을 넘어서 상실의 감정을 낳는다. 상실감은 이미 존재했던 가치 있는 것의 부재를, 존재하지 않은 가치 있는 것의 부재를 향한다. 그렇지만 이러한 부재가 도달될 수 없는 것을 향할 때, 희망과 기대는 슬픔으로 전화된다. 실현 불가능한 것에 대한 동경의 강도는 현재의 고통이나 공허감과 비례한다. 김순이 시는 항상 무언가에 대한 강렬한 동경의 시선을 보낸다. 올바른 인간관계가 상실되고 권태롭고 갑갑한 도시를 벗어나 고향과 미지의 땅으로 가고 싶은 마음은 곳곳에서 드러난다. 그것은 바다 저 건너편에는 무엇이 있을까를 그리는 시인의 동경이며 소망이다. 그러나 미지의 세계에 대한 시인의 마음과 달리 자신이 몸담고 있는 지상의 삶의 공간은 "난조亂調의 세상살이"이며, 그 속에서 "인연의 이름"은 자꾸 지워져 가고 있다. "마음을 다하여 간곡히 부르며/ 찾아가 기댈 수 있었던 이름"이 낯설어가고 멀어져 간다.

> 인연의 이름을
> 결국 나는 지우고 있다
> 저 난조亂調의 세상살이에서
> 고단해졌을 때
> 마음을 다하여 간곡히 부르며
> 찾아가 기댈 수 있었던 이름이
> 낯설어졌구나 멀어졌구나
>
> ─「이름을 지우며」 부분

화자는 자꾸 "나를 기다려주지 않는 것들을 향해서" "나를 기다려주지 않은 시간을 향하여" 떠나고자 한다. 김순이의 시에서 떠남과 돌아옴은 숙명적 길항 관계를 가진다. 시인은 "바다를 품을 가슴으로/ 잠 못 이루는 밤의 손을 잡고" 떠날 것이라고 다짐한다(「제주야행—가을」). "가야 할 데가 있는 것도 아니다/ 누가 기다리고 있는 것도" 아니지만, 시인은 "북극성의 초롱한 눈빛을 표지 삼"고 "사라센인의 단검 같은/ 초승달을 벗 삼아서"(「제주야행—봄」) 자신의 시간과 존재의 경계를 벗어나 떠나고자 한다. 신화 속 오디세우스가 그랬듯이, 인간은 언제나 바다를 바라보면서 떠남을 동경하고 길을 잃고 방황해야 하는 운명을 타고난 것인지 모른다. 그렇지만 이 세상은 무수한 절망과 환멸로부터 떠나야 할 곳이지만 동시에 다시 돌아와야 할 곳이다. 떠남과 돌아옴, 땅과 바다 사이의 경계를 넘나들며 시인은 존재와 세상의 모습을 바라본다.

모든 존재는 그 자신의 경계를 지닌다. 땅과 바다는 존재를 만들고 풍경을 만들고 마침내 이 세계를 만든다. 땅과 바다 사이에는 무수한 경계가 놓여 있다. 어둠과 빛, 절망과 희망, 떠남과 돌아옴의 경계에서 시인은 슬퍼하며 배회하고 있다. 시인은 자신이 몸담고 살아야 하는 땅의 경계와 그리움의 대상으로 삼는 바다의 경계를 탈경계화하면서 한 몸으로 교통하고자 한다. 바다가 새로운 세계를 열어줄 수 있는 낙원이라고 생각하는 사람에게만 바다는 자신의 모습을 보여줄 것이다. 그리하여 그것은 자신의 경계를 포기하고 새로운 세계를 보여줄 것이다.

그렇지만 세계는 갈수록 불모의 황무지로 변해가고, 인간은 어찌할 수 없이 존재의 허망함을 바라보아야 한다. 허무는 일체의 존재 의미부여를 파괴하면서 삶을 조롱한다. 김순이 시인의 시에서 우리는 감당하기 힘든 외로움과 그리움과 허무의 정조情調를 허다하게 만나거니와, 이는 세계의 공허에 대한 슬픔에서 초래되는 반응들이라 할 수 있다. 세계를 불가항력적 위력으로 유린하는 허무감은 김순이 시 속에 편재하여 나타난다. 그의 시에서 상실과 허무는 세계의 한 측면일 뿐 아니라 시적 자아를 지배하는 보편적 의미로 작용한다. 이것의 피할 수 없는 절대성은 과거뿐만 아니라 현재와 미래까지 상실의 의미 속으로 빨려 들어가게 한다. 그리하여 시인은 이 세상에 대하여 때로 깊은 허무 의식에 빠지며 '죽음'을 꿈꾸기도 한다. 시인이 지닌 절망과 슬픔의 두께는 때로 '즉사'를 생각할 정도로 절실하고 비참하다.

「즉사를 꿈꾸며」에서 시인은 '즉사'라는 죽음의 인식이 자의식의 영도화零度化에 이르는 과정임을 보여주고 있다. 어디에도 얽매인 곳 없이 "죽음의 올가미 다가오면/ 두려움 없이 뛰어들어 단숨에 베이는/ 즉사를 꿈꾼다." 목숨의 연장을 구걸하지 않고 "일격의 고통/ 비명 지를 틈도 없는 즉사를 꿈꾼다.”고 말한다. 이 시가 지니고 있는 가열한 ‘실존적 상상력’의 힘은 단순히 죽음을 사유하는 데 그치고 있는 것이 아니라, 죽음을 통하여 자신의 삶을 새롭게 인식코자 하는 데 있다. 이는 시인이 살아왔던 삶의 모든 시간을 뛰어넘어 현재와 미래의 세계를 꿈꾸고자 하는 태도이다. “할 일 다 하고 남길 말 다 하고/ 잠자듯이 평온하게 사라지는 것/ 내게는 너무 과분한 끝장”이라는 결기에서는 일종의 비장함마저 느껴진다. 이러한 시인의 태도는 삶과 죽음의 경계를 초월하는 자만이 느낄 수 있는 삶에 대한 지극한 사랑이자 순정한 의지의 다른 표현이다. 말하자면 사람들은 흔히 죽음 그 자체의 아픔과 슬픔을 이야기하지만, 시인은 죽음 이후의 또 다른 삶과 세계를 꿈꾸고 있다. 시인이 다른 삶과 세상을 꿈꾸는 것은 바로 이 지상에서의 삶은 「미친 사랑의 노래」를 불러야 하고, 「금지된 것들을 위하여」 독배를 들어야 하는 현실 때문이다. 그리하여 이제 시인은 “자, 우리 금지된 것을 위하여/ 독배를 들자/ 탁 털어 마신 빈 잔을/ 힘껏 던져라”(「금지된 것을 위하여」)고 외친다.

자신이 꾸는 꿈이 헛된 것이라고 느끼게 될 때, 죽음과의 조우로 인한 충격에서 벗어날 수 없을 때, 영원으로부터 결별하게 될 때, 자아는 여타의 속성들이 사상捨象된 순수한 존재성으로 환원되기를 소망한다. 세상과 자아가 맺고 있는 이러한 관계 속에 타자가 개입할 여지는 없으며, 자아는 단독자의 고독 속에 휩싸이게 된다. 김순이가 체험하는 고독은 사회의 거부나 자아의 사회적 능력 부족보다 더 깊은 근원에서 비롯된다. 타인과 동화되고 싶다는 욕망 부족의 근저에서 작용하고 있는 것은 무엇보다 그러한 동화가 애초 불가능하다는 절망감 때문이다. 김순이의 시에서 이별과 슬픔에 대한 두려움이 거듭 나타나고 있는 것은 애당초 우리의 만남이 항상 갈라설 수밖에 없다는 두려움과 이로 인해 이 세상과 인간에 대한 기대와 희망은 어디에서도 쉽게 찾아지기 힘들다는 절망감의 표시이다. 자아에 타자가 안겨줄 것은 상처밖에 없으리라는 인식을 가지게 될수록 자아는 더욱 내면으로 침잠하게 되는 것이다. 그러면서 시인은 더욱 자신의 내면에서 혼자만이 꽃피우고 바라볼 수 있는 '아름답고 순정한 삶에 대한 열망'을 꿈꾼다. 시인의 시편에 지속해서 나타나는 꽃의 이미지는 이러한 정황을 잘 말해주는 상징 기제이다.

　김순이 시에서의 생성과 아름다움은 늘 조락과 상실의 서정을 동반한다. 시에서 허다하게 나타나는 꽃의 상징과 이미지들, 이를테면 '수선화' '산수국' '동백' '돌매화' '엉겅퀴꽃' '야생란' 같은 꽃은 작품에서 인간과 자연, 인간과 세상을 표현하는 다양한 상징적 의미로 제시된다. 자연의 미는 곧 피었다 사그라져버릴 꽃잎으로, 인간의 미는 나에게 다가왔다가 멀어지는 사람으로 상징화된다. 자연과 인간의 실존을 제유提喩적으로 표현하는 이런

시인의 마음은 때로 처연한 아름다움으로 때로 쓸쓸한
외로움으로 표현된다.

　　보이지 않는 어딘가에서
　　이름없는 것들이
　　열심히 피고 지는 까닭에
　　세상은 아직도 아름답다는데
　　가장 소중한 것
　　가슴에 묻어도
　　슬며시 빠져나와 깊은 잠 흔드는
　　더 이상 쓸쓸할 수도 없는
　　이곳에서
　　또 한세상 살리라
　　그리움의 발길 헤매리라

　　　　　　　　　　　　　　－「선작지왓」부분

　"보이지 않는 어딘가에서/ 이름없는 것들이/ 열심히
피고 지는 까닭에/ 세상은 아직도 아름답다"는 시인의
진술은 우리가 세상과 인간을 아름답게 보아야 할 이유
를 역설하는 것이다. 아름다움은 이미 사라진 것, 혹은
사라지고 있는 것 속에도 있다. 눈앞의 대상에 대해 느
끼는 아름다움도 그 현재적 속성 때문이 아니라 그것의
사라짐에 대한 인식에서 비롯된다. 그런 의미에서 우리
가 쉽게 접근할 수 없는 것들, 회복시킬 수 없는 것들을
향해 솟아나는 그리움과 슬픔은 아름다움의 근원일 수

있다. 김순이 시에서 유난히 그리움이나 기다림이라는 용어와 이와 연관된 이미지가 많이 등장하는 것도 이와 무관치 않다. 작품의 많은 곳에서 화자는 누군가를 그리워하거나 기다린다. 시인은 우리의 삶에서 그리움과 기다림이 왜 필요한 것이며, 또 그것이 성취되고 충족된다는 것은 어떤 의미를 가지는가를 계속 상기시킨다. 오늘날과 같이 그리움과 기다림이 상실된 시대에 이러한 감정이 살아있어야 함을 강조하는 시인의 마음은 얼마나 소중한 일인가. 이런 감정은 삶에 대한 깊은 인식과 성찰에서 우러나오는 것이라 할 수 있으며, 마찬가지로 인간의 영원한 꿈인 자유와 희망에 대한 열망을 암시해 주는 진술이라 해도 틀리지 않다. 그리움과 기다림은 단순히 주어지는 것이거나 그냥 받아들이는 것이 아니라, 그것이 도래할 조건을 향하여 나아가는 것을 의미한다. 그래서 시인의 시에서 그리움과 기다림은 새로운 시간을 향한 희망 혹은 사랑의 힘으로 작용한다.

고통스럽던 과거를 아름다운 현재로 호명해내는 일은 시간의 흐름 속에서 삶의 본질적 의미를 찾아보겠다는 시인의 의지에서 우러나온다. 고통이 고통만으로 끝나지 않고 그 속에 내포된 그리움이나 연민의 정서를 불러낼 수 있다면, 그것은 "앓고 있는 너에게" 그리고 "그 상처 위에/ 하나씩의 등불을"(「눈물의 길은 깨끗하다」) 밝히고자 하는 사랑의 마음일 것이다. 왜냐하면 그 속에는 고통과 슬픔의 연대를 통해 나와 타자 사이의 벽을 허물고 서로의 상처를 감싸줄 수 있는 열린 마음이 내재해 있기 때문이다. 이제 시인은 세속적인 삶에서보다는 자연 속에서 더 많은 삶의 지혜를 찾고자 한다. 자연이 시인을 부르고 시인도 자연을 부른다. 시인 가까이 있는 한라산은 "순결한 열정의/ 하늬바람"으로 자신에게 불어온다. 그리하여 산에서는 "부귀와 가난이 그리 중요하지 않다는 것을" "사랑과 미움이 덧없음을" "이 세상의 시간 저쪽에/ 우주의 시간이 있음을"(『한라산 5』) 알게 된다. 결국 이와 같은 깨달음에서 시인이 종국적으로 바라는 것은 세속적인 만족이 아니라 맑고 순정한 삶에 대한 존재론적 성취이다.

시는 많은 일을 할 수 있다. 지식을 가져올 수도 있고, 정서를 이끌어낼 수도 있고, 의미를 치장하는 장식의 기능을 할 수도 있다. 그러나 이와 같은 기능은 모두 부차적인 것들이다. 시의 진정한 기능은 이 세상과 인간을 위한 꿈과 희망을 예비하는 존재론적 전망을 제시하는 데에 있다. 시적 전망은 번번이 좌절로 끝나버리는 운명에 처해 있지만, 우리의 궁극적 꿈과 희망이 간직된 곳도 바로 그곳이다.

김순이의 시는 바다를 동경하지만, 바다로 떠나지 못하는 바다 동물 같이 무기력한 자기 안주에 머물러 있지 않다. 바다는 밀려오고 밀려가면서 끝없이 우리를 배반하면서도 우리로 하여금 저 허무의 삶을 포기하지 않고 견디게 하는, 그래서 삶의 의미를 새로이 묻는 일을 중

단하지 않게 하는, 희망의 전언을 담고 있다. 시인은 바다로 떠나지 못하지만, 저 바다에서 고통과 슬픔을 넘어 실낱같은 희망을 건져 올리고자 애쓴다. 고통받는 자만이 타인의 고통을 이해하고, 슬픔으로 무너져본 자만이 슬픔의 연대에 의해 솟아나는 진정한 희망을 지닐 수 있다는 믿음을 시인은 지니고 있다. 희망은 고통과 슬픔이 서로 부딪히고 끌어안으며 서로를 향해서 열리는 공간 속에서 이루어지는 것이라는 사실을 김순이 시는 힘주어 말한다.

이렇게 김순이 시는 고통과 슬픔을 통하여 희망과 기쁨을 양각陽刻시킨다. 고통과 슬픔은 상처의 다른 이름이지만, 그는 이 상처를 사랑한다. 상처는 고통과 슬픔을 부르지만, 그 고통은 사람을 아름답게 한다. 이때에야 비로소 어둠은 빛을 발하고 슬픔은 희망으로 부활한다. "슬픔이 독인 줄 알면서도/ 목젖이 아프도록 삼키"고(「엉겅퀴 사랑」), "꺾이어 쓰러질 때마다/ 아픈 눈물 먼 훗날로 미루고(「돌매화꽃」)" 다시 일어서고자 하는 슬픈 노래가 고통의 제의祭儀에 바쳐진다.

오늘도 시인은 제주바다 어디에선가 바다를 바라보고 있을 것이다. 바다로 떠나지 못하는 시인은 내내 아프고 슬프다. 그렇지만 언젠가 다가올 희망과 행복을 바라보는 그의 시선은 아름답고 따뜻하다. 안락과 평화가 존재하는 이어도와 같은 유토피아를 꿈꾸고 있지만, 그곳으로 갈 수 없는 시인은 지금도 슬픈 노래를 부른다. 이윽

고 다시 바다, 바다는 그리움과 외로움에 사무치게 떨고
있는 시인을 부른다. 그러나 시인은 바다로 떠날 수 없
다.

■ 김순이 연보

1946년 제주시 3도동에서 김도준金道準의 4녀로 출생

1962년 제주여자고등학교 입학

1963년 4월 월간『학원』에 산문「먼 길을 가는 밤엔」발표

　　　9월 월간『학원』에 시「자화상」발표

　　　11월 월간『학원』에 산문「소곡」발표

　　　12월 월간『학원』에 산문「어느 날의 내 주변」발표

1964년 1월 제8회 학원문학상 고등부 산문 특선「사마귀」

　　　8월 부산동아대학보사 주최 전국여고생문예콩쿠르에서 시 1석「꽃밭에서」, 소설 2석「바다의 향수」

　　　10월 이화여자대학교 주최 전국여고생문학백일장 즉흥시「카렌다」장원, 수필 가작

　　　10월 서울대학교 사범대학 교지『청량원』주최 전국고교생문예콩쿠르에서 소설 우수상「푸른 눈동자」, 수필 가작「언니」

　　　11월 경북대학보사 주최 문예현상모집에서 고등부 소설 2석「바다」

1965년 이화여자대학교 국문과 입학

　　　11월 이화학보사 주최 문예작품현상모집 시 수석「가을 서정」

　　　12월 육군사관학교 화랑대문학의 밤 초대시「가을 여인」

1966년 11월 4개대학문학제(고대 · 숙대 · 연대 · 이대) 참여

1969년 2월 이화여자대학교 졸업

3월 제주여자중고등학교 국어교사

11월 제주신문에 중편소설 「사계」 연재

1971년 제주신문에 중편소설 「불새」 연재

1972년 2월 제주여자중고등학교 교사 사임

김종철金鍾喆과 속리산 법주사에서 결혼

12월 아들 현玄 출생

1974년 3월부터 3년 동안 제주여자고등학교 국어교사

1977년 3월부터 3년 동안 간호전문대 시간강사

1979년 3월~12월 국립중앙박물관 부설 〈박물관특설강좌〉 전
과정 이수

1985년 제주문인협회 회원 가입, 『제주문학』 제14집에 시 「초
혼」 외 2편을 발표하며 문학활동 재개

제주의마을시리즈 『도두리』『오조리』『함덕리』『호근·
서호리』『고성리』(도서출판 반석) 조사 집필 참여

1986년 화가 강태석의 생애 조사 집필 「젊은 예술가의 생애」

1988년 계간 『문학과 비평』에 시 「마흔 살」 외 9편으로 등단

1989년 4월 제주도민속자연사박물관 민속연구원이 됨

1990년 제주도민속자연사박물관 발간 『제주도일반동산문화
재』 조사집필위원

1991년 제주도 「잠수용어조사보고서」 조사집필

10월 첫시집 『제주바다는 소리쳐 울 때 아름답다』(문학
과비평사) 발간

12월 한국문화예술진흥원의 우수창작집에 선정됨

1992년 10월 두 번째 시집 『기다려 주지 않는 시간을 향하여』
(우리문학사) 발간

1993년 8월 제주도 동산문화재감정위원에 위촉됨(문화체육부)

8월 제주도민속자연사박물관을 사임하고 제주도문화 재감정관에 취임

10월 세 번째 시집 『미친 사랑의 노래』(탑출판사) 출간

10월 제주도의 생업기술 「제주도의 옹기공예」 조사집필

1995년 2월 남편 김종철 사망

12월 제주도민속자연사박물관 발간 제주도의 식생활- 「구황음식」 조사 집필위원

1996년 10월 네 번째 시집 『초원의 의자』(나라출판사) 발간

10월 시선집 『기억의 섬』(전예원) 발간

1996년 5월 국립제주박물관에 유물 132점 기증

1997년 3월 제주도 발간 『제주실록』 조사 집필위원

7월 『방랑의 화가 강태석 자료집』 발간

1998년 2월 국립문화재연구소 발간 『짚풀공예조사보고서』 집 필위원

1999년 7월 제주도 문화재감정위원에 위촉됨(문화재청)

9월 제주도지편찬위원회 상임위원(상근직)에 위촉(제주 도지사)

2000년 제주민속자료총서8 『제주여성문화』 기획집필위원

2001년 2월 제주도여성특별위원회 발간 『제주여성사진자료집 1』 집필편집위원

3월 꽃에 관한 시집 『오름에 피는 꽃』(제주문화) 출간

6월 국립제주박물관에 제주관련유물 1천 6백여 점 기증

7월 문화재감정위원(문화재청)에 위촉됨. 제주도문화 재감정관으로 근무

8월 한영판 『제주도신화전설』(제주문화) 발간

12월 국민훈장 동백장 받음(전통문화보존 및 연구 공로)

2002년 4월 한영판『제주도신화전설2-제주의 여신들』(제주문화) 발간

7월 시선집『그리운 꽃 한 송이』(제주문화) 발간

2004년 12월 제주도 발간『제주여성 전승문화』기획집필위원

2007년 2월 제주특별자치도 여성특별위원회 발간『제주여성의 삶과 공간』편집위원장

12월 제주특별자치도 여성특별위원회 발간『전통·맥·향』편집위원장

12월 한림읍역사문화지 편집위원장

2008년 12월 제주발전연구원 발간『제주여성문화유적』조사집필위원

2009년 6월 제주발전연구원 발간『제주여성사1』집필위원

11월 제주발전연구원 발간『제주여성문화유적 100』조사집필위원

4월 제4회 제주예술인상(제주예총)

12월 제8회 덕산문화상(덕산문화재단)

2010년 6월 한국문화원연합회 제주특별자치도지회 발간『제주도접接계稧문화조사보고서』조사집필위원

12월『제주신화집1』(제주문화원) 집필위원

2011년 11월『제주신화집2』(제주문화원) 집필

2012년 8월 일본어판『제주신화집』(제주문화원) 출간

9월 영문판『제주신화집』(제주문화원) 출간

11월『제주유배인과 여인들』(표성준과 공저, 여름언덕) 발간

2013년 2월 제21대 제주문인협회 회장 취임

      6월 의녀 홍윤애 추모문학제(제주문인협회) 주관 주최

2014년 2월 문화재청 문화재감정관 사임, 성산읍 난산리로 거
      주를 옮김.

2014년 6월 『불멸의 연인 홍윤애』(제주문인협회) 자료집 발간

      6월 한국예총 공로상(한국예총)

2015년 7월 제라한 여성상(제주도지사)

      11월 제주해녀문화전승및보전위원회 부위원장

2016년 9월 『제주신화』(여름언덕) 출간

2017년 2월 문화재청장 표창(제주해녀문화 유네스코대표목록
      등재 기여)

      12월 구좌읍역사문화지 편집위원장

2018년 12월 서귀포문화원 발간 『그리운 제주풍경 100』 집필

      12월 『일도1동역사문화지』 편집위원장

2019년 6월 시선집 『제주야행』(도서출판 황금알) 발간

황금알 시인선